KB130157

착한 사람이 된다는 건 무섭다

박서영

시인의 말

동물원 문을 닫을 시간이야.
흩어지는 모래밭에 두 발을 묻은 토끼가
갑자기 일어서서 노을을 바라보며 두 손을 모은다.
두 손을 맞잡은 토끼의 모습이
헤어진 인연을 끌어당기듯 따스하고 뭉클하다.
저렇게 작은 짐승이, 저렇게 작은 손으로
저물어가는 해를 바라보며

우정과 사랑을 지키게 해 주십시오.

아, 저렇게 희미한 소리로 우는 토끼가
신神의 침묵을 경청하고 있는 토끼가

낮은 울타리를 넘어
수천 번은 도망갈 수 있었을 텐데 말이야
좁디좁은 모래땅을 떠난 적 없이
멀고도 높은 꿈의 슬픔에 몰입하고 있다.

밤하늘 살별이 긴 꼬리를 깜박이며
모습을 감출 때까지
달이 나와서 사라질 때까지
토끼 한 마리가 두 손을 모으고 있다.
야간개장의 사랑
나도 잠들기 전 기도하는 버릇이 있어
회고록을 지어내기 위해 그림자를 늘어뜨린 토끼처럼
쏟아지는 외로움에 눈이 빨개지면서
나와 함께 흘러가 줄 토끼를 찾고 있어.
우는 짐승과 기도하는 짐승에게서 사랑의 기척을 느
끼며!

* 일러두기

  시인이 제목을 붙이지 않은 작품들(「세월 너머 멀리멀리」, 「우리가 서 있는 바로 거기」, 「아, 자정 조금 넘어가는 이런 밤에」, 「운명을 슬슬 쓰다듬어 보는 저녁이야」, 「중얼거리는 사내가 있다」, 「검고 파란 시간의 죽음 곁에서」)은 시의 마지막 구절을 제목으로 달았습니다.

착한 사람이 된다는 건 무섭다

차례

4부   당신의 심장에 불을 켜주고

해설

1부

넌, 아직도
나 때문에 울고 있구나

거북이와 새

당신 등에는 여전히 파먹을 게 많아
사랑도 슬픔도 당신 등에 다 쏟아진 것 같아
딱딱하게 감춰두었지만
난 그것을 알기에 당신을 떠나지 않아
당신 등에 피멍이 난다면 내가 구름으로 덮어줄
거야.

천국

"나로선 말이다. 널 용서한다. 그러나 알겠니 애야,
'천국'을 다치게 해서는 안 되는 거야."[*]

밤의 국도에서 고라니를 칠 뻔 했다
두 눈이 부딪혔을 때
나를 향해 오히려 미안한 표정을 짓던
고라니의 검고 큰 눈망울

오랫동안 그걸 잊지 못하고 있다

그날 이후 그 길을 지날 땐 자꾸 뭔가를 만지게
돼요
물끄러미 나를 바라보던 천국을 아직도
돌려주지 못하고 있어요
내가 갖고 있어요

천국은 한쪽 다리를 절뚝이며 사라졌지요

도리어 미안한 표정을 지으며

당신의 천국도 내가 갖고 있답니다
잠시 갖고 있다가 돌려주려고 했지만

*앙리 보스코 『반바지 당나귀』에서

미안해요

길 위에서의 일이다
슬픔은 작고 예뻤고 회색 털을 갖고 있었다
한쪽 얼굴에 번지는 햇살 자국
피를 머금은 짐승을 어떻게 할까 궁리를 했다
겨울에서 봄으로 옮겨줘야 하나
이곳에서 저곳으로 옮겨줘야 하나
고민에 빠진 나를 해방시켜주는 듯
슬픔은 찬란한 제 가슴을 보여 주었다
형체를 알 수 없는 짐승에게 몰려온 나비 떼
흰 나비와 검은 나비들이 슬픔 중에서도
가장 빛나는 부분을 핥아먹기 시작했다, 혼이 혼
에게
깃들어 뭔가를 초월해버리는 풍경들
내게는 주검을 수습할 기회가 있었다
세월의 마맛자국을 지우며
미안해요, 라는 말을 갈라진 혀에 새겼다
미안해요, 라는 말은 날아가고
나는 남았고 당신은 떠나는 것

어제란 그런 것

게

오늘 내 기분은
아침 해가 쉭쉭거리는 양은솥 안에서
게들이 집게발을 치켜세우고 있는 것 같아
한쪽엔 달을 한쪽엔 태양을 들고
빙글빙글 돌고 있는 지구처럼

우리가 저렇게 뜨거운 세계에서 만난다면
심장이 타고 발이 잘리는 고통을 맛보겠지
분홍색 껍질이 벗겨지는 줄도 모르고

사랑하느라 서로를 뜯어먹고 씹어 먹다가
끝내는 형체를 알 수 없는 슬픔을 느낄 거야

달빛이 비치는 물속에서
잠을 자지도 않고 먹지도 않은 채
살이 빠지고 몸도 아프겠지, 나는 내 세계를
버리고 물렁물렁한 기억 속을 떠다니게 될 거야

한참 지났는데도 말이지, 육수가 고인 밑바닥에서
추억들이 일제히 털들을 일으켜 세우고 있어

이제 우리는
그리운 별미의 저녁까지 와버린 거지
오늘 내 기분은, 뜨거운 세계를 껴입고
퉁탕거리는 지붕 위로 올라가
일생 동안, 어쩌면 그보다 더 오래

방해가 되었습니까?

이제 기억나지 않는 그 당시의 슬픔에 관하여
밥 먹다가 문득 생각났다

우리는 왜 그곳에 갔던 것일까
안개 속에서 당신의 표정을 수집하는 건 쉽지 않
았고
당신의 표정에 손가락을 대면
울음의 소용돌이에 손을 집어넣고 헤집는 것 같아

아렸던 기억, 좋아해 그러나 이건 고백이 아니야

그게 아닙니다, 그게 아니라니까요

시간은 자꾸 화를 냈고 기억을 왜곡했다
손가락 끝마다 감각은 되살아났고 숟가락엔 밥
대신
붉은 고깃살 같은 기억들이 한 점씩 올라와 있었다

어떤 날엔 승냥이의 뱃속을 찢고
내가 화를 낼 순서가 맞았지만
대신 미안하다는 말을 들려주었다
승냥이가 슬피 우는 날도 있었다
다 지난 일이다

하루는 사랑한다며 웃는 승냥이의 입술을
하루는 헤어지자며 우는 승냥이의 눈동자를

그래, 승냥이가 죽고 저 구름이 남았다
저 나무가 남았다, 꽃이 남았다
내 곁에 다 남아 있다

그때 초원을 지나갔습니다
소나무를 만졌습니다

기억들이 저녁 식사를 방해한다
방해해도 되겠습니까? 한번 물어보지도 않은 채

방해가 되었습니까? 미안한 표정도 없이
숟가락마다 밥 대신 서러운 시간을 올려놓는다

흑백사랑

바람 속의 행려병자와 고아는 외발로 서는 비법을
안다. 건기의 몸이 부서져도 진흙 속으로 더 깊이 발
을 뻗는 것, 그것만이 유일한 살길이다. 호흡은 마음
의 파동, 결국 뼈에 닿는다. 갈라진 혀가 완성하고 싶
었던 건 소리의 잠.

웃었다, 울었다.

그들은 아직 만난 적 없고 서로를 잘 모른다.

하얀 해골과 검은 웃음을 담은 꽃병이 다가온다.
어떤 세계에서 태어난 식물이 썩고 있다. 구球를 돌
리면 두 장의 유리가 위험하게 마주보고 있다. 어떤
풍경이 진짜인지, 행려병자와 고아는 유리에 붙어
밖을 들여다본다. 자신의 그림자가 길게 흘러내리는
것을 모르는 채,

한 방울 눈물이 평생의 고백일 것, 시간이 그것을 빨
아먹고 있다. 검은 시신을 호명하는 저 햇빛, 청소부가
흰 걸레로 유리문에 묻은 얼룩을 빡빡 닦아내고 있다.

밤의 그림책

지구라는 머나먼 별에서 헐레벌떡 뛰어 너에게
갔다

한쪽 발이 없는 비둘기. 한쪽 날개가 없는 나방.
한쪽 눈알이 없는 개. 꼬리가 반쯤 잘린 고양이. 견
우와 직녀. 당신과 내가 주인공인 이야기책을 쓰기
위하여

연립빌라 옥상 물탱크 옆에 앉아서
은하수 동창회라도 열어야 할 판이다, 추웠지만
웅크리고 앉아 밤의 삽화를 그렸다

시간이 약탈해 간 아름다운 별들을 모았다
어떻게 그 수많은 순간들을 버릴 수 있겠는가

멸종 위기에 처한 침묵이 도착하였소
마른 멸치 몇 개 놓고 소주 한잔하면서

우주의 삶을 다 뒤져서 도도새. 바바리사자. 분홍
머리오리. 여행비둘기. 큰바다쇠오리. 알바트로스.
황금박쥐와 키위새가 주인공인 이야기책을 쓰기 위
하여

나처럼 당신을 잘 이해해 주는 애인은 없을 거예요
지구에서 바로 유턴하자마자
우주의 옥상보호구역 노란 물탱크 옆에서 반짝이
게 되었다
그러나 저 반짝거림들
애틋함은 얼마나 빨리 사라져버리는가

밤의 그림책을 쓴다
침묵으로 가득 차 있고, 깨어나 보면 이곳은
이상한 물속의 세계
넌, 아직도 나 때문에 울고 있구나
투명한 해파리들이 쏟아져 그림책을 완성하고
있다

전당포

방금 비의 숲을 지났다
날아가던 새들이 깃털을 떨어뜨리고
깃털은 잡목림 뒤덮인 기억 속으로 파고들어가
흙을 파헤쳐 자신을 심는다
땅이 씨앗처럼 죽은 새를 품을 때

소년은 사라져버린
스무 숲을 기억해 냈다
땅속을 날아가는 깃털들

이 닭갈비는 숯불에서 구웠어요
서로의 가슴을 보여주며 그들이 겨우 한 일이란,

그리움을 남기기 위하여
심장을 망연자실 비의 숲에 두고 온 것

그리고 마흔 숲이라는 곳이 있네요
그 숲을 지나자마자 쉰 숲에 도착했다.

숲속의 주인인 새와 꽃과 짐승들에게
두고 온 심장을 맡긴 채였다

사과를 파는 국도

상인은 말한다
얼음사과에서 꿀이라 부르는 것은
사실 사과가 썩어가는 흔적이라고

꽃도 바다도 썩어가는 일과는 무관하게
훌쩍 내 곁을 떠나기도 하였는데

따뜻하게 기대 있었다면
더 빨리 썩었을 사과여
미안하다며 돌아보지 않는 입술이여

나는 돌아보지 않는 사과의 뒤통수를
영원히 바라보며
사라진 영원의 구멍을 채워 본다

아무것도 하지 않으려고 사랑합니까?
아삭아삭 깨물어서 버리려고 있습니까?
트럭에서 굴러 떨어지는 사과를 줍는 저녁

떠나려면 한쪽 부위 정도는 썩는 모습을 보여줘야
해
　그래야 시큼한 냄새 따위가 남는 거야
　그것이 눈알이든 입술이든 심장이든 상관없이
　아삭아삭 베어 먹고 달아나야 하니까

　얼음과 얼음 사이에 끼여 있는 시간들
　흠씬 두들겨 맞은 가을 국도를 지나

　사과 박스를 포장하며
　상인은 떨이사과를 한 봉지 더 넣어준다
　사랑이라는 말이 검은 비닐봉지 속의 파과처럼 터
진다

통영

항구에 서커스 천막이 세워졌다. 밤마다 멸종된 새가 천막으로 잡혀와 사람의 사랑을 흉내 내며 날아다녔다.

줄에 매달린 채 한 마리가 한 마리의 목을 움켜쥐고 공중에서 빙글빙글 돌린다. 가느다란 두 발로 가느다란 목을 움켜쥐고 날아가는 새.

누군가 바닥에 달의 그물침대라도 놓아 주자고 했다. 그는 발을 놓아버릴까, 그녀를 더 깊이 움켜쥘까, 아무튼 생각에 잠기겠지.

그들이 바닥에 안전하게 착지했을 때 누가 책받침을 돌렸다. 그 순간 나는 아침에 다녀간 울음이 떠올랐다. 나는 도대체 무슨 꿈을 꾼 걸까. 눈 뜨자마자 눈물이 주룩 흘러내렸다. 알코올 솜, 붕대, 거즈는 감염의 위험이 있으니 구름 속에 버려주십시오.

새는 잘 날아갈 수 있도록 뼛속이 비어 있단다. 아픈 사람은 아무 곳에서나 통곡할 권리가 있다. 긴 줄에 매달린 새를 갖고 놀다가 줄을 끊어버리는 하느님처럼 아무렇지도 않게 가을이 온다. 항구에 불빛은 쏟아지고 날아가는 새의 한쪽 발은 희고 한쪽 발은 검다.

달고기와 눈치

물속에 달이 뜬다
깊이라는 말의 안쪽에는
잿빛 몸에 노란 테를 두른
검은 반점 무늬의 달고기가 살고 있다

어쩌다가 물고기가 달을 가지게 되었을까
영혼이 있는 동안에는 황금빛 달무리를
머리에 쓰고 떠돌아도 좋으련만

우리의 얼굴에는
눈치라는 물고기가 모여 사는 웅덩이가 있어
타인들에겐 담담한 비극이 무엇보다 비극적으로
내게 헤엄쳐 왔을 때
어디선가 들렸다, 다시 시작하라는 전언들

나는 사랑했고 기꺼이 죽음으로
밤물결들이 써내려갈 이야기를 남겼다
밤물결들이 은은하고 생생하게

한 사람과의 추억을 기록하고 있을 때
선원들은 내 심장을 슬쩍 들여다보다가
막대기로 휘젓기도 하였지, 그때마다
눈치가 얼마나 커져버렸는지
저기 봐, 눈치 한 마리가 걸어오고 있어!

슬픔이란 최선을 다해 증발하고
최선을 다해 사라지려고 노력하는 것일 뿐
달고기는 고요히 지느러미를 흔들며
눈치들을 잡아먹고 있다
이런 식욕도 있다

나뭇잎

거미줄이 낙하하는 나뭇잎을 붙잡고 있다
구름이 검다
눈물이 몰려오는 하늘을 심장이라 하자
바닥에 떨어지지 못한 나뭇잎은
슬픔을 식량처럼 핥아 먹는다
계속 회전하면서

축축한 공기가
눈먼 거미 곁을 서성거리는 시간이다
물방울 맺힌 하늘을 절망했고, 절망스럽게
공기가 그린 풍경을 바꿔치기하고 있다
어느 날 잠깐 내 입술이 닿았던
나뭇잎 마른 입술 이야기다

밤의 외로움

열대야를 고장 난 선풍기 한 대로 보냈다
빗나간 목을 두꺼운 스카치테이프로 동여맨

밤새 선풍기 돌아가는 소리에 정이 들었나
선풍기를 끄면 잠이 오지 않는다

밤새 텔레비전을 켜놓고 자는 사람을
이해할 수 있을 것 같았다
셋이서 한꺼번에 한 사람을 지목한 적이 있다는
것을
알고 있는 달은 병을 앓다가 그들을 놓아주었다

나는 달의 뼈 하나를 집어 뭔가 쓰고
쓰다가 지우고, 지우고 다시 쓰면서

괜스레 선풍기의 미풍 약풍 강풍 버튼을 번갈아
눌러보았다
죽기 전에 저 고장 난 선풍기를 가장 먼저 버려야

겠다고
　심장에 몇 마디 꾹꾹 매장해 보는 가을 밤
　선풍기는 어떤 무늬를 가진 새처럼 울기 시작했다

　고장 난 선풍기 속에 부엉이가 사나
　밤의 외로움은 날개를 접고 부엉부엉 울다가
　슬픔을 탈탈탈탈 털어내기를 반복한다
　그때마다 선풍기에서 깃털 같은 바람이 쏟아지곤
했다

신생아 발굴

둥글게 모인 사람들이 태아에게 주목한다

자라려고 애써 보지도 못한 아가
엄마를 소비하고 엄마를 상상하며
얼마나 손가락을 쪽쪽 빨았을까
간혹, 공중화장실 변기에서
장미꽃 향기 진동하는 밤의 공원에서
필사적으로 우는 신생아는 자라려고 애쓰는 거지
추문을 견디면서 어떤 여자의 젖 냄새를 상상하
면서
어딘가로 옮겨지면서
쭈욱쭈욱, 손가락 끝에서 잼, 쨈이 방출되는 것
같아
정신이 액체처럼 몸 안으로 흘러들어
태아는 드디어 깨지려는 것일까
저 음흉한 눈빛들 때문에, 호들갑 때문에 삶을 벌
리고
인큐베이터 안에서 웃는 연습을 하는 거다

신생아 발굴 현장에서 손바닥을 아프게 마주쳐
본다
　햇볕에 손목이 다 타버리고
　바닥에 툭툭 떨어져 나뒹굴던 흰 손들
　괴로움 없이 말라버린 신생아를 들어올린다
　심장이 뛴다, 당분간 심장이 뛴다

오월의 여행

고작 일 년의 시간을 비행하여
양산시 원리 이팝나무 앞에 도착했다
고작 당신이 없는 시간
외국에 가본 적 없는 내 맨발은
드디어 이상하고 먼 나라의 밤을 배회한다

이팝나무의 심장에서
후두둑후두둑 시곗바늘들이 떨어져
우체국을 지나는 동안 커피 가게를 지나는 동안
식당을 지나는 동안
나는 시간의 파문을 밟고 여기까지 왔나 봐

지나야 할 곳 모두 지나쳐 온 사람처럼 침묵하고
해야 할 말 다 쏟아낸 것처럼 눈물 흘리며
족발에 소주 한 병 놓고 무릎 세우고 쭈그려 앉아
서로의 사타구니에 손을 넣던 기억이

저 이팝나무, 녹슬지도 않은 바늘꽃잎 쏟아내는

걸 보면
　이팝도 뭔가를 참고 살았나 봐

　언젠가 고양이가 달의 새장을 열어
　새 한 마리 훔쳐 내 방에 넣어주고 갔다
　나는 아직 그 새에게 이팝나무 시간의 비밀을 들
려주지 못했으니

　새는 여전히 내 입술에 주둥이를 박고 기다리는 중
　입에 울음을 채워 넣으며 발설의 기회를 엿보는 중

　당신은 누군가를 찌르는 나쁜 기억이 되지 않으
려고
　밥 먹자 하면 꼬박꼬박 밥 먹으러 나와주었지만
　이제 내 심장은 눈물을 버리는 지구의 휴지통
　액체와 고체가 뒤섞여 불룩해지곤 한다

　또다시 이팝나무 계절에 도착한 밤

나의 여행지를 시곗바늘 향기가 뒤덮고 있다

무려 200년의 시간을 달려와서는,

무려 깨지려는 우정을 지켜가면서,

2부

하늘이 울음을 얼려
눈을 내리는 밤

의자 위의 돌 하나

팔월의 심장에 아직도 돌멩이 하나
밖으로 던지지 못한 돌멩이 하나
푸른 시간이 점령하기 시작하는데
돌멩이 점점 파묻히겠다
아무도 앉지 못할 의자에 덩그러니 돌멩이 하나
영원히 당신에게 던지지 못할 돌멩이 하나.

당신의 방
- 음지 식물의 방

사랑을 시작하면 불가능을 알게 돼
눈을 감았다가 뜨고 싶지 않은 순간들에 대해
어디로 가야 할 것 같고
아무 데도 가지 말아야 할 것 같고

후회한다는 말과 미안하다는 말이
같은 뜻인 것도 알게 돼

우리에게 있었던 순간들을 한순간에 지워버리고
무한의 곰팡이를 피우며
심장과 폐를 죽음의 빛깔로 물들이는

한 번 피어난 곰팡이는 어디든 포자를 남겨둬
우리가 나날이 쌓여가는 슬픔에 대해 침묵할 때
의자 밑에는 곤충의 창자 같은 꽃들이 피어나

스멀스멀 하늘하늘 아름다운 것과 추악한 것들이
주술적인 힘을 갖고 있다는 것도 알게 돼

하강하는
하강하는 존재들의 눈물처럼

툭, 하는 것과
번쩍, 하는 것들 사이에서

흙과 맞닿은 벽이 자꾸 축축해지고
바닥에 물이 고이는 방을 하나 갖게 돼
고약한 냄새를 풍기며 도망치고 있는 곤충
나도 어디론가 달아나고 싶다는
뾰족한 생각이 들고

세월 너머 멀리멀리

국수를 삶는다. 밤 열 시. 정오에 한 끼를 먹었으
니 이것은 점심인가. 잠을 자거나 먹는 일이 지구의
시계를 벗어나 있고, 손을 뻗어 붙잡고 싶은 저 아름
답고 두근거림으로 빛나는 것들.

그 중의 하나가 빗줄기다. 떠나는 사람의 긴 발처
럼 밤비 내리고 있다. 성큼성큼 떠나버렸는데도 여전
히 떠나는 소리가 들린다. 돌아오는 소리가 들린다.
어디에선가 숨어 있던 지렁이들이 다 나와서 울고
있는 것 같다. 입술은 사랑한다고 말한 후 밀봉해버
리는 세계의 입구. 그 세계의 끝에 닿진 못했지만 심
장에서 심장으로 뛰어다녔던 긴 발은 기억한다.

긴 국수 가락들. 긴 빗소리. 이렇게 긴 발들이 남은
까닭은 어느 날 당신이 내 심장에 올려놓은 맨발을
잊지 못하기 때문. 국수도 끊어지고 빗소리도 끊어지
고 당신의 긴 발들도 끊어져 깡총깡총 뛰어가는 게
보인다, 창문 너머 멀리멀리, 세월 너머 멀리멀리.

울음의 탄생

나의 눈동자는 색을 바꿀 줄 안다
앵두나무가 보이는 여관집 방문을 열고 앉아
일렁이는 가로등빛 그늘을 본다
하늘이 울음을 얼려 눈을 내리는 밤이다
족발에 소주 한 병 앞에 놓고
슬픔을 애도하는 밤이다
앵두 한 알 매달지 않았는데도
저 나무는 무겁고 힘들어
눈 쌓인 앵두나무 발목이 젖어 축축해
나는 무릎을 세우고 쭈그려 앉았는데
몸에 울긋불긋 지렁이가 피었다
밖이 어둡지도 않는데 밤이라고 하지 말아요
어디로 가야 할지 망설이는 사이
생각이 깊어 슬픔이 탯줄처럼 길어지는 사이
순천의 한 여관방에서
분홍색 목젖에 울음이 매달려 흔들린다
한 호흡만 더 건너가자, 생이여
추운 앵두나무를 몸 안에 밀어 넣고 있는

환한 가로등처럼

눈이 녹아내려 드러난 앵두나무 뿌리가
족발처럼 자꾸 보여,
물어뜯고 싶어지게,
쭈그리고 앉아
발가락 열 개를 꾸욱꾸욱 눌러 본다

위로

　허름한 방문에 십자드라이버 하나 꽂아둔 방이
있다
　안에는 춘추벚나무 한 그루가 꽃을 피우고 있다
　누가 살다가 떠나버렸는가
　이 방의 주인은 꽃을 신처럼 모시고 살았나
　한겨울에도 꽃 피워 방을 데우다가
　전기가 끊기고 가스가 끊어져 사랑마저 끊어져
　야반도주하였나
　나는 변주할 뿐이다, 모든 추억을

　벚꽃이 예쁜 건 알았지만 벚꽃잎사귀가 예쁜 건
오늘 처음 알았네
　철없이 피는 개나리는 봤지만
　겨울에도 피는 벚꽃이 있을까?

　옛 결핵병원 앞을 지나며 당신은 중얼거렸지
　일 년에 두 번 꽃을 피우는 춘추벚나무가 있어
　나무는 이름표를 달고 방 한가운데 서 있어

세상에서 이탈한 것도 합당한 이름을 가졌다는 듯이

구름에 딸린 방 한 칸을 지키기 위해
추운 바람도 꽃을 피우는 호르몬처럼 흐르고
눈물에서 석유 냄새를 맡으며 잠들기도 했었다
나는 그곳에서 아무것도 하지 않으면서
수많은 일을 한다
무거운 십자드라이버를 짊어진 채
비틀대며 뭔가를 지켜내고 있는 것이다

오래된 나무, 찢어진 심장의 문고리를 잡아당겨
나비경첩들이 정말로 날아가는 걸
박쥐 한 마리도 뒤따라 날아가는 걸 본다

나는 이불 속에 두 손을 넣어 벚나무를 심는다
그리고 벚꽃나무를 뽑아버린다
죽었다 살아났다 빛과 어둠 나는 모든 풍경에 묶

여 있구나
소용돌이 속에 손을 넣고 있다
당신을 켜고 *끄*는 건 내 의지가 아니다
매일매일 당신을 *끄*지만, 곧 당신은 켜진다

우리가 서 있는 바로 거기

그 구역들을 지날 때마다
나는 망막으로 핏줄로 만들어진 구역을 지나왔다
고양이 한 마리가 목련나무를 올려다보는 거기

터무니없는 이야기가 발생하는 거기

이야기 속에 쭈그리고 앉아
수수께끼를 풀다가 고양이의 눈동자와 꼬리가
치켜 올라간
제3악장의 그림자와 그림자의 왈츠 바로 거기

벽돌과 타일의 거기

꽃과 나비의 거기, 오 입술과 똥구멍의 거기

내 마음과 당신의 마음이 있는 거기

아무것도 아무도 없는 바로 거기

바다와 파도의 거기, 태양과 흑점의 거기

기체 덩어리를 밟고 우리가 서 있는 바로 거기

목련나무 빨랫줄

누추한 속옷 내걸린 목련나무 빨랫줄
꽃이 어느 시간 속을 이동해 사라지는 것처럼
축축해진 옷을 입은 사람의 시간도 말라 간다
빨래에서 떨어지는 물방울 받아먹는
야생 고양이 한 마리의 시간도.

동경

화살촉 같은 꽃잎 끝에서 혼이 나가버린 노래가
쏟아졌지
아리랑 아리랑 아라리요 아리랑은 진액처럼 슬
펐고
진액을 핥아대던 불개미들은 구멍을 암호처럼 해
독하다가 쓰러졌고
기억해요? 시간의 방죽을 함께 걸었던 날,
그 길에 이팝나무 묘지가 새로 생겼어요
석탄의 밤을 지키는 수위 아저씨들처럼

우체국을 지나는 동안 담뱃가게를 지나가는 동안
꽃가루가 노랗게 흩날려서 지나가는 행인들의 머
리에 내려앉았지

지나가는 행인들 틈에서
한 사내가 걸어 나와서 외롭다고 했지
꿈에 대한 굶주림으로 더 멀리 가보려고 했지만
무서운 운명의 입맞춤이 우리를 부서지게 했다

사내는 누군가를 찌르는 나쁜 기억이 되지 않으려
고
밥 먹자 하면 꼬박꼬박 밥 먹으러 나와 주었지만
이제 열기가 사라져버린 달에 갖가지 꿈을 적다가
잠들기도 하지만
다시 이팝나무 계절, 꽃잎들이 화살촉처럼 나를
찌르는 밤,
당신을 향해 눈부시게 증발한 순간들이 있었지
울음을 열면 울음을 보여주는 창문처럼 진실을
따라가고 있던 길에서

더 이상의 지저귐이란
여우 입에 죽은 새를 물려주는 것과 같아
나는 이팝나무 묘지들이 도열해 있는 마을에 간다
내 행로를 따라온 아라리 아라리 아라리요 꽃잎
들이 구술되어 사방에 날린다

아, 자정 조금 넘어가는 이런 밤에

사막의 유목민들이
젖 짜는 소를 그려놓거나
여자를 태운 소를 그려놓고 미소 짓는, 그림을
하나 갖게 되었지

어릴 땐 공동묘지 주변에 살았었고
여섯 살의 방랑, 일곱 살의 유랑
나이를 세는 일이란 농담에 쓸쓸함을 덧씌워보는
일일 뿐
세월은 늙었고 나는 늙지 않았네
모두가 다 날씨의 영향일 뿐이라는
충동이거나 농담일 뿐이라는 당신의 말에도
방랑의 흔적이 보이기도 하였는데

난 몸을 관통하는 눈물을 쏟아냈지
몰려드는 구경꾼을 미소로 맞이하면서
적을 찾아내는 건 쉽지 않았지
눈물이 사랑의 힘으로 자꾸 달라붙어
무늬를 만드는 이런 저녁

아, 자정 조금 넘어가는 이런 밤에

혼혈 양은 슬픔

흰 양과 검은 염소 사이에서 태어난 혼혈을 지프라 한다지. 달려가 혼혈을 안으려고 했더니 긴 발로 껑충껑충 달아나 버렸다. 사랑의 반점들을 잡을 수 없었지. 나와 너의 피가 한 줌씩 뒤섞인 지프geep. 아무도 없는 시간의 초원. 흩어진 살점들. 나의 배고픈 지프.

우리가 올랐던 초원에는 달의 간을 파먹는 지프가 살아. 서로의 입술을 바라보며 아득해지지. 산을 오르는 도중 검은 염소 무리를 본 적도 있다. 우린 고통스러운 기억의 혼혈을 낳았지. 뿔이 돋아난 영혼들에게 사랑이란 서로를 다치게 하는 일. 은하수엔 뿔의 가루가 흩어져 있어. 안개가 걷히고 밤의 무늬가 선명해지기 시작한 거야. 나는 무서운 시간에 손을 담그고 서 있어. 아름다운 초원의 지프와 함께.

그림자가 시간을 옮기는 집

앵두꽃 핀 자리, 우물가
꽃그늘 자리 이젠 없어요.

그 먼 곳의 깊이,
　문을 따고 들어가 웅크리면 민달팽이들과 지렁이
들이 옹알이를 하는 곳. 예쁜 그것들을 모아 그릇에
담고 함께 놀았다. 옹알이가 예뻐 보이는 곳. 물과 불
과 칼질로 빨갛게 익어간 저녁. 엄마가 긴 그림자 끌
고 돌아왔을 때.
　나는 배가 고팠다. 민달팽이와 지렁이와의 입맞춤.
입 안에서 분홍색 첫 마디가 터져나갔다. 파문처럼
번져나간 혀의 반항. 부엌에서 밥 짓는 엄마에게 쉬
지 않고 중얼거렸다. 그런데, 엄마는 왜 그림자만 있
는 거지. 밤이 깊었는데도 아직 안 온 거야. 나는 엉
금엉금 기어가 마루에 앉아 길을 내다봤다. 그 먼 곳
의 구멍을 여행했다. 반복했다. 길과 하늘, 길과 하
늘. 계속 반복했다. 엄마는 어디쯤 오고 있는 거야.
나는 어디쯤 뚫고 들어간 거야. 사랑과 죽음의 수수

께끼를 풀려고 했다.

　계속 반복되는 놀이,

　반복의 구덩이가 점점 깊어졌다. 그늘의 겹이 두
꺼워졌다. 그늘 군락에서 꽃이 피었다. 둥근 꽃이 열
세 번째 시간 속으로 구덩이를 파고 들어간다. 열네
번째, 열다섯 번째. 계속 문을 열고 들어가야 하는
놀이. 파묻힌 시간 속에 파묻힌 시간이. 그림자 속에
그림자. 나는 아직 슬퍼해서는 안 된다. 몇 년이나 걸
릴까. 빠져나오는 구멍을 찾으려면.

　우물가 소꿉놀이 이젠 안 해요.

　그림자가 시간을 옮기는 집에 모두 파묻어버렸거
든요.

3부

몸 안의 은하수가
사라져버리면

토끼의 고백

난 묶여 있고 당신은 호주머니에서 뭔가를 찾고
있다
난 따라갈 수 없고 당신은 언제나 떠날 수 있다
당신이 떠난 후에도 난 느낄 수 있겠지
나를 묶어놓은 이 나무에 꽃이 피고 열매가 맺히
는 것을,
나는 필사적으로 당신을 붙잡고 싶은 손을 거둬
들인다.

고래를 말하듯

조약돌과 구름 사이를 잠시 만지고
바다로 돌아가는 고래여
무향실의 허공이 잠시 열렸다
누가 피아노를 숲에 버리고
누가 피아노를 치고 노래를 부르고 웃었다

우리가 잠시 허공을 만졌을 때
기분 좋은 고래처럼 노래를 불렀다

고래도 심장의 리듬을 타고 와서
우리 사이에 물의 꽃을 피우고 돌아갔다

그때 고래가 허공에 잠시 물의 꽃을 피운 적 있다
우리가 울고 있는 것처럼
허공에 조약돌이 떠 있다
당신과 나 사이에 조약돌과 구름
해변에 밀려온 기억들이 부서져 흩어진다

물은 조약돌을 어루만진다
고여 있다가 순식간에 흘러내리는 조약돌을.
투명하다.

보리밭 놀이방

보리밭에는 종달새가 살고, 종달새의 영혼은 나에게 날아왔다. 내가 갖고 놀다가 깨트려버린 알에서는 노란 흐느낌이 흘러나왔다. 영혼은 그 흐느낌처럼 남아서 나를 둘러싼다. 점막의 세월 속에 바람이 분다. 가끔은 내 장난감이 되어준 돌멩이와 달팽이와 지렁이 들이 아직 꿈틀댄다. 나는 변하지 않았나. 착한 벌레에서 착한 사람으로

거인들이 밭에 씨를 뿌릴 때, 나는 보리밭에서 자랐다. 해 질 녘 거인들은 기도를 하고 어린 나를 들어 올려 집으로 데려갔다. 거인과 헤어지게 된 건 보리가 자라서 익고 베어낸 후의 쓸쓸한 들판을 본 후였다. 텅 빈 속을 드러낸 채 굴러다니던 새의 알, 달팽이의 집, 말라비틀어진 지렁이들. 그들의 영혼을 채워 목이 붓도록 펑펑 울 수 있게 하려면 어찌해야 할까.

그때 내 손에서 예쁘게 잠자고 있던 종달새의 알, 긴 촉수를 뻗어 나를 핥던 달팽이의 혀, 기어간 자리

마다 흘려놓은 지렁이의 눈물. 나는 사라져버린 파
문을 움켜쥐고 생각에 빠졌다. 내 머리에 그렁그렁
울 것 같은 구름 모자를 누가 씌워주었다.

　나는 아직 변하지 않았나. 착한 사람이 된다는 건
무섭다. 힘없는 사람이 되는 건 더 두렵다. 어린 시절
처럼 보리밭에 쭈그리고 앉아 생각한다. 보리밭에서
쭈그리고 앉아 놀던 시절. 뜻밖에도 내 눈동자에서
부화한 새가 날아가기도 한다. 아직 깨지지 않았나.
구름과 새. 아직 헤어지지 않았나.

무중력 배아기의 슬픔

당분간 무거워지지 않으려고 합니다
분분히 흩날리는 눈발을 보며
당신은 창문 밖에서 너무 심각하군요
오늘도 고민할 게 많은가 봅니다
가족과 지구의 미래에 대해 몇 줄 쓰다 말았습니다
당신은 여전히 아픈 사람
기묘한 나의 존재에 대해 알지 못하는 사람
이 별에서의 고립은
폐가에서 혼자 살아남은 앵두나무처럼 아름답습
니다
나에겐 아직 태초의 울음이 남아 있어요
머리와 심장, 손에 털이 돋아나고 있습니다
뒤덮고 감춰야 할 것이 많나 봅니다
내가 명랑해질수록 당신은 더 많이 고통스럽습
니다
내 두 손과 발이 당신의 피부를 찢고 나갑니다
당신이 사라지고 내가 태어납니다
줄을 서고 순서를 지켜야 하는 당신의 별이 폭발

합니다

별에서 별을 건너, 앵두나무에서 앵두나무를 건너

나는 땅바닥으로 툭 떨어집니다

건너가야 할 사과의 한쪽 얼굴은 썩어 있습니다

우리의 만남이 기이한 모습으로 읽혀지는 이유입니다

아직도 성장 중입니까?

나는 검은 구멍으로 손을 쑤욱 밀어 넣어 슬픔을 만졌습니다

털이 자라고 날개가 돋아나는 건

슬픔의 감각 때문입니다, 나는 아직 애벌레 한 마리로서

당신의 몸 안을 천천히 걷고 있습니다

심해의 열 달

슬픔의 이끼가 가득 낀 밤의 은하수
파리지옥 꽃밭이 흐른다
아름답고 긴 유혹의 비늘 속으로 들어가
전 존재를, 출생과 사망과 역사를 잊어버려도 좋
겠다
이 밤의 사랑을 '전생의 사랑'이라고 하자
'이승의 사랑'이 전쟁과 난투극으로 무서워질 때
이곳에서의 사랑은 끝에서 시작되어 끝까지 무력
무력 사라지는 일에 자신을 바칠 테니까

냄새를 풍기며 고백을 한다면 나를 의심하겠지

이곳에서의 사랑은 순식간이 없고
고요한 자장가처럼 계속계속 자라는 거라서
벚꽃나무와 사과나무처럼 피부를 뚫고 나온다
어느 봄날 고양이 시체에서 민들레가 피듯이

민들레 홀씨가 날아가듯이

우리는 어딘가 사라졌다가 다시 사라져버린다
그때마다 조금씩 발달하는 머리와 심장
탯줄을 따라 흘러드는 당신의 고통을 느낀다

몸 밖까지 자라는 사랑은 의심받겠지

나는 아직 내가 태어날 시간과 자리를 모르는 채
심해의 태아처럼 손가락을 입에 가져간다
밤의 사랑은 끈적끈적한 감각의 털들이 되살아나
누구든 잡아먹고 소화시킬 수 있는 파리지옥의 꽃
밭이다

연인들

사랑은 날개가 있어 먼 곳을 만질 수 있고
그런 주술은 어머니의 것
그것은 오래된 것이다
어머니에겐 미리 말하는 게 좋을 뻔 했어요
주치의가 말했다 나는 그날 이후 주치의를 바꾸
었다
그래도 선생님, 몸 안의 은하수가 사라져버리면
좀 허전할 것 같아요
새 주치의인 청딱따구리는 고개를 끄덕였다
누가 달과 별들을 내 몸에 심었을까요?
그는 몸 안의 은하수가 사라지면
몸 밖의 은하수를 볼 수 있을 거라고 했다
기적도 있잖아요
나보다 건강했는데 먼저 죽은 사람도 있어요
메마른 입술로 말하고는 서둘러 떠났다
급하게 끝난, 사이좋게 끝난 것처럼 보이기 위해
이제부터 친구가 되었다고 말했다
시작되었다 추억으로의 추격전은

행복 불행 행복 불행을 반복하며 달렸다
이긴 자도 진 자도 없는 아득한 그곳
매일 주치의가 바뀌는 공원을 산책하며
안녕하세요 선생님!
밤과 낮이 어떻게 다른지 모르겠어요
더위와 추위에 대해서도요
안녕하세요 목련씨氏 참새씨 뱀씨 지렁이씨…
공원은 자신에게 왔던 모든 걸 기억했다
기다림을 잘 아는 나무 평상도 하나 있었다
책임질 것도 아니면서
내 약점에 대해 묻고 떠난 구경꾼도 있었다
약점은 생태계에서 가장 신비로운 구멍이야
궁금해서 들여다보고 도망칠 만하지
나는 한 사람씩 왔다가 사라지는 구멍을 갖고 있다

운명을 슬슬 쓰다듬어 보는 저녁이야

앵두나무에서 태어난 건 행운이었지
아직 태어나지 않았다고 해야 하나
어쨌든, 태명台命까지 생겼으니
누군가의 표적이 될 수도 있겠다 싶어
앵두꽃 피면 꽃처럼 하얗게 몸을 둘둘 말고
앵두 열매 열리면 초록 알이 되고
앵두 익으면 빨갛게 변신도 해보는 거지
남이야 보든 말든
아랫도리 힘줘 끙끙 씨앗 같은 똥도 눈다
사과나무에서 태어난 너
대추나무에서 태어난 너도 그랬겠지
잎사귀로 슬쩍 몸을 가리고
저항의 속도를 늦추며 기다리는 거지
벌레들은 나의 성장을 반가워하진 않을 거야
다정하게 속삭여도 뒤통수를 조심해야 하지
하지만 벌레들은 나의 과거이자 미래
동족同族의 피맛보다는 잘 익은 앵두나 따 먹을래
그래도 영, 찝찝하고 서운한 하루야

아직 태어나지 말아야 하나

내가 앵두나무 속에 있는 게 아니라

앵두나무가 내 속에서 부화하는 것 같아

몸이 찢어질 것 같아

밖으로 뻗어나간 나뭇가지가 점점 뜨거워지고

있어

나는 이렇게 씩씩대다가 깨져버리겠지

어딘가로 노랗게 흘러가

종이 위에 얼룩을 남기는 문장처럼,

흘러가는 운명을 슬슬 쓰다듬어 보는 저녁이야

방언으로 속삭였다

고등학교 때 영어 선생은 알코올 중독자였다
초록색 칠판에 백묵으로 휘갈겨 쓴 알파벳
마흔 살의 내가 열일곱 살의 나를 생각할 때
몇 가지 떠오르는 것
알코올 중독자 영어 선생은 그 중 하나다
내가 예전에 너에게 이 말을 했었던가
우리는 상처를 반복해서 말하는 버릇이 있고
거짓말을 옮기는 새처럼 입술을 달싹거린다
우리는 술집에서 거짓말에 익숙해져가는 귀를 보
았단다
노래하는 귀
옆얼굴을 혹시 새처럼 그려본 적 있니,
귀를 입처럼 시끄럽게 색칠해 본 적 있니,
너는 말하는데 내 귀는 자꾸 입처럼 길어진다
입에서 나간 애초의 발음은 당신에게 배운 것이
아니다
귓속에서 술술 풀려나가는 말을 알아듣지 못하
는구나

그것은 아지랑이 같은 것

나와 너의 몸의 봉인을 풀고 마는 주문

사라진 입술의 말을 처음 준 사람은 누구였지

추억이 아직도 괴로워?

심장에 쏟아진 표정을 보라

나는 끝없이 속삭이는데 너는 여전히 알아듣지
못하는구나

외국어 시간처럼, 술에 취한 것처럼

달의 입술로 천국의 입술로 밤의 입술로

우리는 귓속에 가득 차 있는 비밀을 노래한다

중얼거리는 사내가 있다

달에 간판을 달겠다고 큰소리치는 사내가 있다. 비밀식당의 폐업 소식을 들은 후였다. 개업하기 위해서라고 했다. 벚꽃나무에 간판을 달기 위해서라고 했다. 그 나무 아래에는 아는 사람만 몰래 간다는 식당이 있다. 간판도 없고 사업자 등록도 되어 있지 않다고 했다. 그 식당을 찾아가는 길은 벚꽃나무의 숫자를 헤아려야만 한다. 다섯 번째 벚꽃나무인가, 여섯 번째 벚꽃나무인가. 식당을 알려주는 이의 대답은 이런 식이다.

식당을 찾아가기 위해 친화력에 기대기도 한다. 식당으로 가는 길은 몸이 기억하고 있으므로 함께 가면 된다는 것이다. 이럴 땐 대개 벚꽃나무 가로수에게 세금을 매기게 하거나, 비밀경찰을 동원해 식당을 찾고야 말겠다고 협박을 해보기도 한다. 그러거나 말거나 세상과의 사소한 불화는 손님들이 다 막아준다는 비밀식당.

이별 후엔 함께 먹은 밥집들도 하나 둘 문을 닫아
버리리. 밥집들을 버려야 하리. 구토할 땐 식당 간판
들이 쏟아져 목이 아프겠지. 벚꽃나무 아래서 아침
부터 저녁까지 간판을 생각하는 사내가 있다. 텅 빈
밤하늘에 반짝이는 간판을 달기 위해 알제리 알제
리 중얼거리는 사내가 있다

노란 리본을 맨 목공소

삼거리에 목공소가 걸려 있다
아주 작은 노란 리본을 매고 지나간 시간에 대하여
모두가 추모를 할 수 있게

문은 늘 열려 있다
전직 기자였다는 황 목수의 작업실이다

그는 고양이를 위한 가구 설계도를 보고 있다
낡고 닳아빠진 고양이의 영혼을 숨길 수 있게
나무의 안쪽을 깊이 파낼 생각일까?
안쪽은 언제나 자기 생으로 출렁이고 있다

톱밥으로 가득 뒤덮인 모자 세 개가
가장 큰 이야기를 숨기고 있다, 검은 모자에 앉은
톱밥을 털어내지 않으면 음악을 들을 수 있고
난로를 피울 수 있고
가난한 고양이가 등장하는 동화를 쓸 수도 있으리

슬픔을 깨우지 않는다
아무리 서러운 노래를 들어도

황 목수의 작업실은 골목 삼거리에 지도처럼 걸려
있어
길을 물으러 오는 고양이가 있고
안부를 물으러 날아오는 비둘기도 있다

삼거리에서 가장 외롭고 깊어져
나무의 환한 안쪽을 파내어 이야기를 만들고
따뜻하게 불을 쬐며 재즈를 들을 수도 있다

나는 그 밤에 톱밥 가득 쌓인 모자를 몰래 훔쳐
쓰고
집으로 돌아가는 길이었는데
바람에 모자가 날아가버려 모두 드러나고 말았다

슬픔에는 톱밥 가득 쌓인 모자가 필요하다

이별에는 기억을 넣어둘 칸칸의 서랍장이 필요하다

그런 서랍장이 필요하다면 황 목수의 작업실에 가
보자
톱밥 가득 쌓인 모자 세 개가 벽에 걸려 있을 테니
서랍장을 주문한 후
모자 하나를 쓰고 나와도 좋겠지만

모자를 들어 쓰려는 순간 모자 속의 기억이 되살
아난다
가슴에 노란 리본을 맨 목공소가 하나 있다

흰 것들이 녹는 시간

　폭설이 쏟아지는 진안 마이산 지나왔다. 봉긋하니. 참 하얗게 솟아오른 마이산이었다. 나는 두 손을 마이산에 얌전히 올려놓고 긴 잠을 잤다. 일어나 거울을 보니 귓불이 발갛게 달아올라 있었다. 여름에도 폭설이 내리는 방이 있었다. 뜨거웠다가 차가워진 귀가 있었다. 떠났는데 여전히 떠나고 있는 발소리가 들렸다. 견딜 수 없었다. 나는 찢어진 두 손으로 뜨거워진 두 귀를 감싸고 달아나기 시작했다.

달과 무

우리는 서로에게 영혼을 보여준 날부터
싸우기 시작했지
달에 간판을 달겠다고 떠나버린 사내와 나는
벚꽃나무에 간판을 달다가 떨어진 적이 있고

침묵하는 입술은 나를 취하게 하네
난 꽃도 아니다, 이젠 무언가를 말해 주기를
지나버린 시간에 석유를 끼얹고
불을 지르고 싶어지는구나
기억을 덮는 뚜껑으로 사용하기엔
달은 너무 아름답고 빛나네, 달은 말랑거리는 느낌
시간을 열었다가 닫는다

지구의 밥집들은 왜 자꾸 없어지고 있나
함께 먹은 가정식 백반
노랗게 찌그러진 양은냄비 속의 비빔밥

개업을 하고 나면 폐업을 향해 움직이듯이

마음을 열면 전 생애가 부서지고 사라져버린다
무엇을 생포하고 무엇을 풀어줄까
난 나비도 아니다, 어쩌면 스스로에게 사로잡힌 채
징징 울다가 날아오르는 꽃송이일지도 모르지
침묵 다음에 싸움, 영혼을 보여준 날의 싸움,
우리는 영혼을 보여준 날부터 싸우기 시작했지
달과 별은 나를 취하게 하네
당신은 하늘에 달아놓은 간판 불을 켜지만
이별 후엔 함께 먹은 밥집들도 문을 닫아버려
나는 손을 뻗어 달의 간판을 꺼버리겠네
비밀식당들의 폐업 소식을 알리겠네

검고 파란 시간의 죽음 곁에서

날아다니는 새들의 숫자를 기록하는 계산원이
되어
나뒹구는 슬픔의 깃털을 바라보았어

우리의 시간, 제멋대로 다가왔다가 떠나기를
반복하는 우리의 시간들

이별할 때 주고받는 말들은
죽은 새들을 밀거래하는 기분에 휩싸이게 한다
그러니까 이별은 아름다운 밀거래
발각되는 순간 제멋대로 날개를 펼쳐 날아다닌다
당신은 그곳에 없었다고 알리바이를 대고
나는 씁니다, 흩날리는 흩날리는 눈보라처럼
우리가 때려죽인 새들이 해변에 쌓여가고 있다
당신과는 현충일에 이 해변을 함께 걸었었지
삐죽거리는 물결들, 꼭 뭔가를 소문내려고 하는
찢어진
입술들 같구나, 검고 파란 시간의 죽음 곁에서

바바마마

- 옹알이 시간

첫 마디 울음
그것은 가슴에 고여 왜 사라지지 않나
똥으로도, 오줌으로도 흘러나오지 않나
맨 처음의 발음이었던 울음
나의 언어와 표현은 발달하고
상처와 고통은 안으로 깊이 가라앉고
가끔은 비명도 질렀는데
왜 아직도 옹알이를 벗어나지 못하는 건가
입 안에서 빙글빙글 천둥을 녹여먹고, 연애를 녹
여먹고 있나
잠자리나 나비처럼 혀의 꽃잎 위에 잠시 앉았다
가는 말들
왜 이런 아름다운 말들은 엄마와 아빠만 알아들
을까
곧 날아가 버릴 듯 위험한 발음들은
왜 아무도 들어주지 않는 것일까
나는 그때 명랑했고 행복했었는데
아무것도 몰랐는데

누가 말의 알맹이들을 톡톡 발가벗겨 의미를 채취
하려고 하나, 톡톡톡 핏방울
톡톡톡톡 빗방울의 얼굴을 터뜨려서

내 입에서 어떤 말이 나간다면
혀 위에 잠시 앉았던 잠자리와 나비의 기척일 것
이다
작고 조그맣고
신화나 전설이 되지 않고 사라져버리는
'톡톡'에 대한, '바바마마'에 대한
핏방울, 아니 빗방울에 대한

4부

당신의 심장에 불을 켜주고

공룡 발자국 화석

멀리서 온 기억에 발을 넣고
먼 곳의 기억에게로 걸어가 본다
먼 곳의 파도 소리, 먼 곳의
바람 소리, 쿵쿵쿵 발소리 내며
떠나가 버린 먼 곳의 사람에게로

미혼모未婚母

벙어리 뱀아
벙어리 뱀아
칠월이 가고 팔월이 온다
네가 지나간 길에 비린내 가득하다지만
나는 너의 길에 버려진 수의壽衣만 보았다
핏덩어리 빠져나간 옷
희디흰 옷을 보면 숨이 막힌다
저 옷이 얼마나 많은 피를 감추게 했던가
욕망의 목을 졸랐던가
흠씬 얻어맞은 몸처럼 납작하게 엎드려
오호라, 도망치는 법도 아는구나
누구에게도 안부를 묻지 않고
여름의 숲으로
너는 도망치려고 하는구나
벙어리 뱀아
내 손을 잡고 같이 가 주겠니?
내 목을 꽉, 물어주겠니!

거위의 죽음

호수가 얼마나 빨리 얼어버렸는지
거위는 한쪽 발이 얼음 속에 빠진 채
죽어 발견되었다고 한다
어쩌면 거위는 눈먼 거위였을 테고
화살표처럼 긴 목은 심장을 가리키고 있었을 테지
황색 부리를 추억 속에 묻고 있다가
참변을 당했는지도 모르겠다
갑자기 추위가 몰려올 줄을 몰랐겠다
얼마나 당황했을까? 이별의 슬픔을 덮어줄
옷을 짜는 건 연금술사의 몫
함께 놀던 시간 속을 미처 빠져나오지도 못했는데
갑자기 한파가 밀려와 물이 얼어버렸다
거위는 헤엄치며 자신의 세계가
점점 차갑게 얼어버리는 것을 느꼈을 거야
흐르는 눈물에서는 석유 냄새가 났겠지
불을 붙이고 싶었을 것이다
가느다란 마음의 심지들을 끌어 모아서
얼음 속에 갇힌 얼굴들을 닦아주고 싶었을 거야

이렇게 한 사람 한 사람, 그와 그녀와 나와
당신의 심장에 불을 켜주고 싶었을 수도 있다
그러니까 죽은 거위의 부리가 여전히
성냥처럼 붉고 단단하지
이곳에 온 적이 없다는 말과 함께
모든 것이 사라지고 있다

돌꽃 1

밤에 썩은 꽃씨가 터지는 소리를 들었어 사물들이 신발들을 벗어놓고 사운대는 시간의 방 안으로 들어갔어 누우런 봉투를 후 불고 나를 가만히 감추었어 꽃은 몸속으로도 몸 밖으로도 뿌리를 뻗었어 내 핏줄들이 일제히 땅바닥에 엎드렸어 정신과 육체 은밀하게 자라기 시작했어 내 몸에서 흐르는 즙을 먹고 당신도 자라기 시작했어 아침이면 누군가 이 모든 것을 잘라갔어 흐느낌도 없이 누군가 떠나갔어 터진 꽃씨들이 어디로 날아갔을까 신발들이 어디로 떠나갔을까 다음날도 꽃씨를 심었어 불씨를 심었어 아침에 누군가 재 한줌을 흔들어 깨웠어 밤새 불 탄 흔적을 깨끗이 거둬갔어 이불은 잘 말려지고 집은 조용했어 나는 누워서 멀리멀리 달아난 시간이 돌아오기를 기다렸어

꽃 지는 밤 오래된 돌 위에 누워 마른 이끼를 잡아 뜯네 카펫처럼 부드러운 돌을, 비와 바람의 흔적을 베고 누워 있네 거친 황무지의 집인 몸속에 하얀 시간의 발자국이 찍혔구나 붉은 달리아가 피는 저녁

핏줄이 넘치는 강으로 나가라 시드는 것에 익숙지
않은 꽃이 핀 저녁 강가를

돌꽃 2

나뭇가지를 부러뜨리며 시간의 화살들이 날아왔
다 내가 피한 것은 무엇이었나? 몸속의 구멍에서 새
까맣게 돋아나던 씨앗들, 파헤쳐보면 아무것도 아닌
주검들이 두 눈 뜨고 나를 노려본다 타오르는 불꽃
도 외마디 찬사도 필요 없는 아침 몸에 박힌 화살들
을 뽑아낸다 즐거운 학대 속에서 꽃의 가랑이가 찢
어진다 떠나야 할 사람이 당연히 떠난 것처럼 몸속
이 조용하다 간혹 꽃이 피는 저녁 시간이 마비된 채
하얗게 몸을 뒤덮는 저녁 살아 있음이 고맙고 눈물
겹다 막막해서 행복하다 구부러져 앞이 보이지 않
는 길에 누워 나는 세상을 사랑한다

돌꽃 3

시퍼렇게 두 눈 뜨고
살아 있어서 고맙구나
바람아
네가 밟고 간 시간의 돌 위에
흰 꽃들이 피었다
축축한 음지의 꽃을
피워 주어서 고맙구나
비야
네가 앉았다가 간 돌 위에
이렇게 누워
하얗게 몸을 말리고 있다
세월이 토끼처럼 잠깐
그 돌 위에 앉았다가 간다
깊은 숲속에서 저 혼자
풍화를 견디는 눈물 꽃
돌 속에 쑤셔박혀
넋 나간 사람처럼 앉아 있는 시절아
나는 아직 지치지 않았다

내 영혼에 구멍을 내고
밤새 개고기를 씹어라

황 목수의 작업실

전직 기자였다는 황 목수의 작업실에 갔습니다
검은 모자에 앉은 톱밥을 털어내지 않으면 음악
을 들을 수 있고
난로를 피울 수 있고
고양이를 위한 가구를 만들 수도 있고
앉아 있는 것은 앉아 있게 내버려 두고
서 있는 것은 내버려 둔다면 톱밥가루 날리지 않
아요
슬픔을 깨우지 않아요
아무리 서러운 노래를 들어도
황 목수의 작업실은 골목 삼거리에 지도처럼 걸려
있어
길을 물으러 오는 고양이가 있고
안부를 물으러 날아오는 비둘기도 있어요
때로 유리문 밖 갈림길에서 서성이는 사람을 보며
삼거리에서 가장 외롭고 깊어져요
나무의 가장 환한 안쪽을 파내어 만든 의자에
앉아

따뜻하게 불을 쬐며 재즈를 들을 수도 있어요

나는 그 밤에 톱밥 가득 쌓인 모자를 몰래 훔쳐 쓰고

집으로 돌아가는 길이었는데

그만 바람에 모자가 날아가버려 모두 드러나고 말았어요

슬픔에는 톱밥 가득 쌓인 모자가 필요합니다

이별에는 기억을 넣어 둘 칸칸의 서랍장이 필요합니다

그런 서랍장이 필요하다면 황 목수의 작업실에 가보세요

톱밥 가득 쌓인 검은 모자 세 개가 걸려 벽에 걸려 있을 테니

서랍장을 주문한 후

모자를 쓰고 나와도 좋겠지만

모자를 들어 쓰려는 순간 톱밥이 날릴 수 있어요

그건 모자 속의 기억을 흔들어 깨우는 일이니까요

뿌리의 방

열대의 비닐하우스에서 우리가 얼마만큼 자랄 수
있을까
얼마만큼의 고백과 표현을 할 수 있을까
나무의 혀들이 모래흙 밖으로 나와 있다
잎사귀가 축축 늘어져 있어 혀의 진실은 감춰져
있다
파파야와 바나나, 이런 이름표가 없었다면
처음 만나는 우리가 악수를 할 수 있었을까
아직 자라지도 않았는데 익어버린 열매를 매달고
너무나도 붉은 말을 혀 위에 올려놓은 사람
새순처럼 혀가 점점 길어진다
길어진 혀는 심장을 보여주려고 한다
나에게 도착하려고 계속 말을 걸어온다
열대熱帶의 비닐하우스에서 자라는 혀
우리는 가장 깊이 감춰둔 살을 보여주려고
길어지는 발설과 침묵으로 불타오른다
뜨거운 폐허가 열렸는데도 우리는 서로를 모른다

능소화

옆구리를 타고 올라가던 능소화가
눈동자를 뚫고 나왔다 마른 가지를 내밀었다
돌의 박물관에서나 있을 법한 일이다
진안 마이산에서 본 돌덩이를 파고 들어간 바로
그 능소화
모든 것이 조용히 지나가주지 않는 날들이다
칠월에 꽃피는 거 보러 가겠다고 엉덩이를 털며
돌아와
깜박 잊고 살았다 한 해가 지나버렸다
칠월에 능소화가 피었다가 졌겠지 아마, 그날 두
고 온
으깨진 시간들이 내 몸에 남아 있었나 보네
잠을 잤다 옆구리를 타고 올라가던 능소화가
방향을 바꾸는 게 느껴졌다
눈알이 빨개졌다 독을 먹은 꽃이었고 울음이었다
습黑의 시절이 다시 돌아온 걸까
마디마디 메마르지 않고 잎들도 꽃들도 무성하라고
눈물이 흐른다 흘러준다
내가 비를 좋아한다는 걸 당신이 잊지 않기를

남해 암수바위

남해 가천 암수바위를 보러 갔네

바다에서 공포로 떨어져 나오는 파도 조각들

하얗게 아아 악 내지르는 비명

가랑이를 쓰윽 스쳐 가는 뱀의 서늘함

그래도 남자는 서 있고 여자는 누워 있네

저녁이 와도 남자는 서 있고 여자는 누워 있네

해일이 덮쳐 집이 떠나가도 남자는 서 있고 여자
는 누워 있네

저 여자는 일어서는 법을 배운 적 없네

뛰어가는 법을, 달아나는 법을 배운 적 없네

여자의 가랑이에서 붉은 칸나가 피는 여름날

나는 남해 암수바위를 보러 갔네

그 남자를 눕히고 여자를 일으켜 세우러 갔네

가을날 매미

뜨끈뜨끈한 낙엽들 한 움큼 쥐어본다
호흡을 멈춘 한 나절의 시체가
내 손에 남는다

은행나무에서 떨어진 매미는
공중누각에 세 든 것 같다
허공을 움켜쥐고 멀리 사라진 것 같다

길의 반죽이 말랑말랑할 때 심겨진
저 은행나무는
올여름, 열매보다 더 많은 매미들을 키웠다

알쏭달쏭한 가을날 거리에서
치워버려야 할 기억처럼 울음 그친 후
보도블록은 매미의 무덤이 되려고
쩍쩍 몸을 열기 시작한다

매미는 굳어버린 가슴의 울음통 매달고

팔랑팔랑 도망 중이다
불멸의 무덤이 어딘지 아무도 모른다

천 년 은행나무 슬하에서

저것은 몸에서 울음 다 발라내고
은행나무 금관을 쓴 채 발견된 사랑의 배후
속이 텅 빈 황금빛 껍데기 속에 누가 손을 넣어 보
았나
안간힘으로 나무둥치에 붙어 있는 사랑의 배후들

땅바닥에 떨어져 배 뒤집고 죽어 있는 건
다 울고 자신을 버린 매미
얼마나 한스럽게 울다 생을 건너갔는지
죽어서까지 짓밟힐까 싶어
나무뿌리 쪽으로 슬며시 옮겨 주었다

울음의 긴 설화를 받아 적고 있는 은행나무 잎사귀
아무리 손 흔들어도 이별할 수 없어
천 년이 지나면 끝날 것 같지?
아무래도 우리의 황금빛 허물은 은행나무에 업혀
천 년을 더 살아낼 수 있을 것만 같고

구역

오래된 보도블록 안쪽에서
뭔가 발화하고 있다
보도블록을 갈아치우던 날 사내의 허물어진 어깨
같은 것들
보도블록을 갈아치우던 날 여자의 머리에 쓴 흰
수건 같은 것들
말하자면 그런 것들이다

사소하고도 사소하게 지나가버린 날들에도
보도블록 같은 구역들이 생겨난다

풀꽃들이 아슬아슬하다는 말의 깊이를
뒤흔들며 피어 있다
뿌리를 감춘 식물처럼
당신의 목소리는 먼 곳에서 들린다
보도블록 한 칸 한 칸이
지나온 순간들 같고 들여다본 망막 같다
그 구역들 틈에서

핏줄처럼 붉고 가느다란 기억들이 자란다
가진 적 있는 행복을 밟지 않고
건너 건너 그리고 또 건너
당신에게 갔지만
사랑은 시들고 죽어버린 지 오래,

기다리는 사람

나는 흰 사람처럼 서 있다
노란 국화꽃 화분을 들고 서 있다
애도할 무언가 있는 것처럼 서 있다
수많은 의자를 배경으로 둔 채
여전히 누군가를 기다리며 서 있다.

우리의 천국

기분 좋을 때 염소의 눈은 수직에서 수평이 된다. 그때 날아가버린 어린 새가 돌아와 뿔에 앉는다. 아가의 맨발 같은 것. 염소의 수염은 바람에 휘날리고 있다. 그것은 구름 같은 것. 멀리 있는 천국에 대해 말할 땐 용기가 필요하다. 그것은 채송화 같은 것. 조금만 몸을 구부리면 아주 가까이 있다. 채송화를 들여다볼 땐 아픈 폐 속의 구름들이 한꺼번에 피어나는 것 같다. 그것은 그리움. 흔들리며 번식한다. 흙속 깊이 발을 묻고 자라는 우엉 같은 것. 깊고 바닥이 보이지 않는다. 그것은 달콤한 지옥에 빠져드는 나비 같은 것. 내 것이 분명하다. 날개가 있어 먼 곳의 달을 만질 수 있고 그런 주술은 어머니의 것. 그것은 오래되었다. 참새들에게 호랑가시나무 덤불이 천국이듯 우리의 겸손한 천국도 갸륵한 슬픔으로부터 온 것이다. 나를 울게 한다. 그것은 먼 곳에 있고 가질 수 없지만, 그것은 분명 내 몸속에 있다. 수평의 먹줄을 튕기며 번지는 기억. 시간이 벗어두고 간 외투는 잘 보관하기로 하자.

'멀고도 높은 꿈', 그 슬프고도 무서운 계시

김경복(문학평론가, 경남대 교수)

어떤 마음일까, 죽음이 곧 다가오게 되었음을 아는 사람의 마음은? 문득 시한부 인생을 사는 사람들의 심리적 풍경을 상상해본다. 일상의 무미건조함에 빠져 사는 우리들로서는 그 마음의 절박함과 애절함을 쉬이 짐작할 수 없다. 아니, 하염없는 슬픔이라든지 절절한 감정 같은 것을 가지고 산다는 자체가 이 바쁜 일상을 살아가는 사람들에게는 어쩌면 사치라는 생각을 들게 할지도 모르겠다. 그렇지만, 우리는 죽음에 이르게 되는 존재 아닌가! 죽음을 누구도 피해 갈 수 없어 필연적으로 슬픔에 잠길 수밖에 없는 처지라 할 수 있다.

그렇게 본다면 그 마음을 짐작해보는 것은 앞으로의 나의 죽음에 대비하여 어쩌면 꼭 한 번쯤은 생각해봐야 할 일인지도 모른다. 죽음에 이르기 전에 죽음에 처한 심정의 절박함을 미리 느낄 수 있다면 현재의 나의 삶이 조금 달라지지 않을까? 우리의 삶은 무無로부터 흘러나와 죽음으로 흘러가 완결되니,

죽음으로 완성되는 자신의 삶을 지금부터 의식하며 살 수 있다면 이 또한 삶을 더 한층 의미 있게 사는 일이라 하지 않을 수 없을 테니 말이다.

그런 차원에서 죽음을 목전에 두고 자신의 삶을 바라보는 시인의 마음은 어떠했을까 하는 궁금함은 존재론적 지평에서 매우 절실한 문제라 하지 않을 수 없다. 암에 걸려 투병 생활을 하다 다시 암이 재발하여 곧 죽음에 이르게 됨을 알게 된 처지에서 자신의 마지막 실존적 삶을 정리해야 하는 시인은 도대체 어떤 마음으로 그 시기를 살아냈을까? 고故 박서영 시인의 유고시집을 읽으며 내내 드는 생각은 이것이다. 특히 지인의 한 사람으로서 그의 죽음을 부고를 듣고 난 뒤에야 알게 되었고, 암으로 죽음에 이르기까지 꽤 상당한 시간이 흘렀음에도 불구하고 일체 그러한 낌새를 눈치 채지 못한 상태의 나로서 시인 박서영이 홀로 죽음을 맞기까지 가졌을 내면의 풍경을 짐작해보는 것은 안타깝다 못해 섬찟한 느낌이 든다. 어찌 그리 죽음을 아무도 모르게 고독하게 받아들였단 말인가.

어쩌면 시인은 자신의 죽음은 주변에 알려 해결될 문제가 아니기에 저 홀로 감내해야 하는 것으로 생각했을지도 모른다. 가령 "어머니에겐 미리 말하는 게 좋을 뻔 했어요/주치의가 말했다 나는 그날 이후 주치의를 바꾸었다"(「연인들」)에서 볼 수 있듯이 아주 가까운 어머니에게조차 자신의 병증 정도를 감추려고 했던 마음은 자신의 질병으로 인한 동정이나 불편한 관계를 꺼리는 소심함에서 유래했을 수도 있겠지만, 죽음에 대한 견딤은 나 혼자의 일이라는 자기 절제력에서 더 크게 나타났을 것이다. 평소 시인이 보였던 삶의 방식에서 그런 생각을 갖게끔 한다.

이 태도는 죽음에 대해, 그 죽음으로 인한 삶에 대해 성찰과 탐구의 자세를 불러온다. 애이불비哀而不悲, 슬픔 속에서 더 큰 감상感傷에 빠지지 않고 자신의 실존적 삶을 쳐다보는 자세는 독자에게 더 큰 슬픔을 환기한다. 태도는 단정하지만 그래도 그 안에 죽음이 깃들어 있거늘 어찌 그 들끓는 슬픔을 떨칠 수 있었을까. 슬픔이 정제되고 상징화되어 가끔 시인의 처지를 잊게 만들기도 하지만 쓸쓸한 시의 이미지 앞에서 그 사정을 아는 사람은 목이 막힌다. 〈시인의 말〉에서 "동물원 문을 닫을 시간이야./흩어지는 모래밭에 두 발을 묻은 토끼가/갑자기 일어서서 노을을 바라보며 두 손을 모은다."라는 구절은 담담한 목소리와 이미지로 자신의 현존을 우회적으로 알리

고 있는 것이지만, 그 내막을 아는 사람에게는 극통
의 감정을 불러일으키는 표현이다. 다음 시편도 그
점에서 같은 맥락을 형성한다.

> 누추한 속옷 내걸린 목련나무 빨랫줄
> 꽃이 어느 시간 속을 이동해 사라지는 것처럼
> 축축해진 옷을 입은 사람의 시간도 말라 간다
> 빨래에서 떨어지는 물방울 받아먹는
> 야생 고양이 한 마리의 시간도.

- 「목련나무 빨랫줄」 전문

이 시의 놀랍고 아픈 이미지는 "사람의 시간도 말
라 간다"는 것이다. 담담한 시선으로 자연 현상을 바
라보는 듯하지만 그 안의 쓸쓸하고 절박한 감정을
어떻게 감출 수 있을까? 말라 간다는 표현은 빨래의
자연스런 현상이지만, 그것이 물이 아니라 시간으로
전이되어 사람의 목숨이 곧 다해 간다는 의미로 변
주될 때 이 발견은 놀랍다 못해 처연하기 짝이 없다.
서서히 죽어 가고 있는 사람의 목숨을 '시간의 마름'
으로 발견해 내는 것은 예민한 시인이라면 할 수 있
다고 하여도 몇이나 할 수 있을까? 죽음에 맞닥뜨린

사람만이, 그리고 그것을 의식화하고 표현해 낼 수 있는 시인만이 가능한 일일 것이다. 시인 박서영은 죽음에 처한 자신의 실존적 처지를 저와 같은 자연의 현상에 빗대어 성찰한다. 이 성찰은 슬프고도 안타까운 일이지만 결국 무상하고 무상한 것이 삶과 죽음이라는 것을 스스로 납득하기 위해 저와 같은 이미지를 불러온 것으로 보여진다.

이 시에서 또 하나 중요한 것은 '시간'에 대한 인식이다. 「목련나무 빨랫줄」에서 시간은 말라 갈 수 있는 사물, 즉 물로 은유되어 나타난다. 무형의 대상을 유형의 대상으로 전이시키는 것은 우리의 인식을 뒤바꾸기 위함이다. 고정화되어 있거나 편견에 싸여 있는 우리의 인식을 깨뜨리고 삶과 존재에 대해 새로운 인식을 불러오기 위해 시인들이 즐겨 쓰는 존재론적 비유다. 이때 비유된 대상, 즉 이 시에서 시간은 인간에 의해 의식된 것이지만 실은 인간을 비롯해 이 우주의 모든 생명체와 물질에 깃들여 있는 본질로서 그것이 모든 존재의 토대가 되고 운명이 됨을 깨우치기 위해 전이되었다고 볼 수 있다. 실제로 이와 같은 방식의 시간에 대한 인식은 그의 이번 시집에서 삶의 의미를 결정짓는 것으로 자주 등장한다. 예를 들어, "시간은 자꾸 화를 냈고 기억을 왜곡

했다"(「방해가 되었습니까?」)라든지, "시간이 그것
을 빨아먹고 있다"(「흑백사랑」), "시간이 약탈해 간
아름다운 별들을 모았다"(「밤의 그림책」) 등의 표현
이 그렇다. 시인은 목숨이란 실체를, 그 목숨과 관련
된 운명이란 실체를 시간이란 무형의 대상에 의인적
관념을 부여함으로써 시간이 우리들 삶과 운명을 좌
우한다는 것으로 바꾸어 표현한다. 이와 같은 표현
은 인간이란 존재와 운명이 우리들 손을 떠나 있음
을 보여주기 위함이다. "기억들이 저녁 식사를 방해
한다"(「방해가 되었습니까?」)는 표현 역시 동일한 맥
락을 형성하면서 시간과 기억이 우리의 존재성과 운
명을 결정한다는 삶의 진실로서 역설을 드러내고 있
다.

　이미지의 차원에서 '시간의 마름'은 물의 물질성
에 기반을 둔 상상력이다. 박서영은 이번 시집 전체
에 무겁고 축축한 물의 이미지들을 배치해두고 있
다. 그것은 모두 슬픔과 눈물에서 연원된 것이지만
하강하고 소멸해가는 이미지의 실현에 물의 물질성
이 가장 적합했기 때문이라고 볼 수 있다. 실제 시인
은 유고작 대부분에 자신의 현존 상태를 물의 물질
성과 관련된 이미지를 부여하고 있다. 예를 들어, "침
묵으로 가득 차 있고, 깨어나 보면 이곳은/이상한

물속의 세계/넌, 아직도 나 때문에 울고 있구나"(「밤의 그림책」), "흙과 맞닿은 벽이 자꾸 축축해지고/바닥에 물이 고이는 방을 하나 갖게 돼"(「당신의 방」), "나는 도대체 무슨 꿈을 꾼 걸까. 눈 뜨자마자 눈물이 주룩 흘러내렸다. 알코올 솜, 붕대, 거즈는 감염의 위험이 있으니 구름 속에 버려주십시오."(「통영」) 등의 시구절을 보면 알 수 있다. 이것들은 손에 잡히는 대로 뽑아본 것들로 조금 과장하면 이번 시집 전체가 축축한 물의 성채에 잠겨 있는 것으로 보이게 한다.

이러한 물질성으로 인해 이번 시편들은 언뜻 시인의 지극한 슬픔으로 인해 지나치게 감상에 물들어 있는 것으로 보일 수도 있다. 그러나 슬픔도 깊어지면 맑아지는 법이다. 자신의 현존적 슬픔을 참으로 맑게, 그리고 영롱하게 걸러내는 것이 박서영 시의 특징이 아닐까 한다. 죽음을 앞두고 자신의 삶과 운명에 대해 깊이 성찰함으로 인해 맑아진 슬픔은 다음 시에 잘 나타난다.

하늘이 울음을 얼려 눈을 내리는 밤이다
족발에 소주 한 병 앞에 놓고
슬픔을 애도하는 밤이다

앵두 한 알 매달지 않았는데도
저 나무는 무겁고 힘들어
눈 쌓인 앵두나무 발목이 젖어 축축해
나는 무릎을 세우고 쭈그려 앉았는데
몸에 울긋불긋 지렁이가 피었다
밖이 어둡지도 않는데 밤이라고 하지 말아요
어디로 가야 할지 망설이는 사이
생각이 깊어 슬픔이 탯줄처럼 길어지는 사이
순천의 한 여관방에서
분홍색 목젖에 울음이 매달려 흔들린다
한 호흡만 더 건너가자, 생이여
추운 앵두나무를 몸 안에 밀어 넣고 있는
환한 가로등처럼

눈이 녹아내려 드러난 앵두나무 뿌리가
족발처럼 자꾸 보여,
물어뜯고 싶어지게,
쭈그리고 앉아
발가락 열 개를 꾸욱꾸욱 눌러 본다

                                    - 「울음의 탄생」 부분

간절함과 절박함, 그러면서도 자신의 운명을 담대하게 바라보는 시적 화자의 시선이 느껴지는 참으로 아름다운 작품이다. 이 시에서도 대체적인 정조는 "하늘이 울음을 얼려 눈을 내리는 밤", "슬픔을 애도하는 밤", "생각이 깊어 슬픔이 탯줄처럼 길어지는 사이", "분홍색 목젖에 울음이 매달려 흔들린다" 등의 표현으로 볼 때 '슬픔'이다. 특히 이 슬픔은 "한 호흡만 더 건너가자, 생이여"라는 절절한 탄식으로 볼 때 목숨이 다해감으로 발생하는 아픔으로 인한 것이다. 이 아픔과 슬픔의 정서는 "하늘이 울음을 얼려 눈을 내리는" 장면에서, 그리고 "눈 쌓인 앵두나무 발목이 젖어 축축해"라는 장면에서 볼 수 있듯 모두 물의 하강과 소멸의 질료성으로 실현되어 더욱 그 슬픔의 정도를 심화시킨다.

그러나 무엇보다 이 시의 초점은 슬픔의 정화다. 그것은 자신의 내부에 가득 찬 슬픔을 "하늘이 울음을 얼려 눈을 내리는 밤"으로 표현해내는 데에 있다. 울음이 터져 쉽게 하나의 감상이 되지 않게끔 참는 힘은 마치 울음을 얼려 눈이 되게 하는 이미지와 맞닿아 있다. 시인은 자신의 운명이 얼마 남지 않았음으로 발생하는 슬픔과 두려움을 한바탕 울음으로 쉬이 풀어버리려고 하지 않는다. 슬픔과 두려움을 참

고 참아 그 운명이 어떻게 흘러가는지를 뚜렷이 지켜
보려 한다. 그 가여운 의지의 표현은 시적 형식의 정
제미와 함께 바로 "쭈그리고 앉아/발가락 열 개를 꾸
욱꾸욱 눌러 본다"에 담겨 있다. 여기서 생명의 실체
로서 발가락 열 개를 꾸욱꾸욱 눌러보는 행위는 삶
과 죽음의 경계를 확인하는 것이자 자신의 운명이자
존재성을 제 육체와 영혼 속에 각인시키는 행동이다.
그것은 죽음에 일방적으로 내몰리는 것이 아니라, 죽
음과 마주하고 죽음에 대응하여 죽음으로부터 살길
을 찾아 나서겠다는 의지적 선언이다.

 이러한 죽음에 대한 성찰과 초월의식은 병과 관련
없었던 시인의 초기 시편들에도 자주 엿보인다. 이상
하게도 박서영은 초기 시부터 최근 시에 이르기까지
죽음을 중요한 시적 화두로 다루고 있다. 죽음을 통
해 삶의 의미를 찾으려는 기이한 태도를 보이는 것이
다. 나는 박서영 시의 이러한 특징을 「죽음의 내부로
파고드는 삶」(『경남문학』, 2018년 여름호)이란 글에
서 밝힌 바 있다. 그렇지만 이번 시집의 시들은 현실
적 삶에서 죽음의 문제가 실감으로 제시된다는 점이
다르다. 다음과 같은 작품은 죽음이 바로 우리 주위
에 서성이고 있음을 유감없이 보여준다.

앵두꽃 핀 자리, 우물가
꽃그늘 자리 이젠 없어요.

(중략)

길과 하늘, 길과 하늘. 계속 반복했다. 엄마는 어디쯤 오고 있는 거야. 나는 어디쯤 뚫고 들어간 거야. 사랑과 죽음의 수수께끼를 풀려고 했다.

계속 반복되는 놀이,
반복의 구덩이가 점점 깊어졌다. 그늘의 겹이 두꺼워졌다. 그늘 군락에서 꽃이 피었다. 둥근 꽃이 열세 번째 시간 속으로 구덩이를 파고 들어간다. 열네 번째, 열다섯 번째. 계속 문을 열고 들어가야 하는 놀이. 파묻힌 시간 속에 파묻힌 시간이. 그림자 속에 그림자. 나는 아직 슬퍼해서는 안 된다. 몇 년이나 걸릴까. 빠져나오는 구멍을 찾으려면.
우물가 소꿉놀이 이젠 안 해요.
그림자가 시간을 옮기는 집에 모두 파묻어버렸거든요.

- 「그림자가 시간을 옮기는 집」 부분

이 시가 주는 아름다움은 그 섬뜩함에 있다. 무한히 반복되는 놀이로 표상된 삶이지만 무엇보다 "꽃그늘 자리 이젠 없어요."와 "우물가 소꿉놀이 이젠 안 해요."에 나타나는 상실과 결핍은 부정어의 사용과 함께 뭐라 말할 수 없는 갑갑함과 안타까움을 유발한다. 삶은 시인의 말에 따르자면 "계속 문을 열고 들어가야 하는 놀이"로서 자신을 구원하거나 안심시켜줄 대상으로서의 존재는 "엄마는 어디쯤 오고 있는 거야."에서 볼 수 있듯 어디에 있는지 알 수 없고, 더 나아가 자신의 실존적 좌표에 대해서도 "나는 어디쯤 뚫고 들어간 거야."라고 자탄한 데에서 볼 수 있듯이 그 지점을 알 수 없다. 그런 가운데 세계는 "파묻힌 시간 속에 파묻힌 시간이. 그림자 속에 그림자."로 중첩되고 무한 확장되어 미혹迷惑과 미망迷妄의 공간으로 변해간다. 자신의 진정한 정체성을 찾기 위해 "몇 년이나 걸릴까. 빠져나오는 구멍을 찾으려면."이라는 지점에서 한 가닥 의식을 붙잡으려 하지만 어느덧 암전暗轉, "그림자가 시간을 옮기는 집에 모두 파묻어버리"는 순간에 당도했음을 깨닫게 되어 멈추고 만다.

그렇다! 이 시는 암전, 삶은 어느 순간 누가 끌지

도 모르는 무대와 같다는 점을 주지시키고 있다. 누구나 불이 꺼지면 "꽃그늘 자리 이젠 없어요.", "우물가 소꿉놀이 이젠 안 해요."의 안타까움과 슬픔을 주워 담아야 한다는 사실을 일깨우고 있는 것이다. 이 시는 시적 화자가 유년 화자로 등장하고 놀이로 우리의 운명을 빗대 말함으로써 동화, 그것도 잔혹 동화로 읽혀진다. 피와 주검이 난무하지 않지만 끔찍한 미로에 갇힌 존재의 운명을 보여줌으로써 어리거나 성인이거나 가릴 것 없이 똑같이 잔인한 진실 앞에 놓이게 된다는 점을 포착한다. 때문에 이 시에서 강조하고 있는 것은 이러한 사실을 인지하고 있는 의식이다. 의식은 동화를 벗어나 존재의 깊고 깊은 의미를 성찰하는 상위 인식으로 발현된다. 이 미로에 갇힌 존재에게 발생하는 의식이란 "죽었다 살아났다 빛과 어둠 나는 모든 풍경에 묶여 있구나/소용돌이 속에 손을 넣고 있다/당신을 켜고 끄는 건 내 의지가 아니다/매일매일 당신을 끄지만, 곧 당신은 켜진다"(「위로」)에서 볼 수 있듯 피동적 존재로서 갖게 되는 고통의 확인이다. 곧 죽음에 처단된 존재가 자신의 실존과 운명에 대한 자각으로서 인식의 눈뜸이다. 따라서 암전과 눈뜸, 죽음과 초연한 인식은 시인 박서영이 그리고 있는 마음의 풍경이다. 끝내

놓을 수 없는, 놓지 않아 존재의 살아 있음을 확인하는 증표로서 의지다.

이러한 마음의 지향으로 인해 시인은 자신의 현존적 삶에 대해 의미를 부여할 수 있는 힘을 얻기도 한다. 다음과 같은 작품들이 그것이다.

> 나는 사랑했고 기꺼이 죽음으로
> 밤물결들이 써내려갈 이야기를 남겼다
> 밤물결들이 은은하고 생생하게
> 한 사람과의 추억을 기록하고 있을 때
>
> (중략)
>
> 슬픔이란 최선을 다해 증발하고
> 최선을 다해 사라지려고 노력하는 것일 뿐
>
> ─「달고기와 눈치」부분

> 나는 땅바닥으로 툭 떨어집니다
> 건너가야 할 사과의 한쪽 얼굴은 썩어 있습니다
> 우리의 만남이 기이한 모습으로 읽혀지는 이유
> 입니다

아직도 성장 중입니까?

나는 검은 구멍으로 손을 쑤욱 밀어 넣어 슬픔
을 만졌습니다

털이 자라고 날개가 돋아나는 건

슬픔의 감각 때문입니다, 나는 아직 애벌레 한
마리로서

당신의 몸 안을 천천히 걷고 있습니다

- 「무중력 배아기의 슬픔」 부분

이 두 편의 시야말로 시인 박서영이 죽음으로 인
해 발생한 슬픔에 대해 자신이 취할 수 있는 지극한
경지가 아닐까 싶다. 시인은 「달고기와 눈치」에서 자
신의 현존적 삶의 의미를 제 나름으로 실천하고 궁
리하여 납득했음을 밝히고 있다. 슬픔을 두고 "최선
을 다해 증발하고/최선을 다해 사라지려고 노력하
는 것"이란 놀라운 정의는 슬픔을 만들어내는 존재
와 운명에 대한 정의로 곧바로 전환된다. 존재나 삶
자체가 최선을 다해 증발하고 사라지려는 것이라는
정의는 삶과 죽음에 대한 우리의 일면화된 관념을
깨부순다. 이는 시인 자신이 슬픔을 제대로 인식하
고 그것을 여한 없이 느끼고 여과하여 하나의 순수

한 결정체로 만들어냈다는 점에서, 즉 시로 이 슬픔을 성찰하고 기록해냈다는 점에서 더 주목된다. "나는 사랑했고 기꺼이 죽음으로/밤물결들이 써내려갈 이야기를 남겼다"라는 제 운명에 대한 수긍과 체념의 말은 범상치 않은 정신적 경지를 보이는 것이다. 그것은 죽음으로 인한 두려움과 도피의 사색이 아니다. 그것은 죽음을 통한 삶의 완성에의 의지다.

그렇기 때문에 죽음에 대한 이러한 인식은 슬픔의 감각으로 인해 그 어디에 있든 「무중력 배아기의 슬픔」에서 볼 수 있듯이 "나는 아직 애벌레 한 마리로서/당신의 몸 안을 천천히 걷고 있습니다"란 깨달음을 표할 수 있게 된다. 그렇다, 이러한 감각과 인식은 제 나름의 구원의식이자 삶과 죽음에 대한 깨달음이다. 그런 차원에서 가령, "나는 아직 내가 태어날 시간과 자리를 모르는 채/심해의 태아처럼 손가락을 입에 가져간다"(「심해의 열 달」)는 대응 태도는 존재의 운명이란 돌고 도는 것, 또는 그 의미의 순간을 확정하지 못한 채 잠겨 있는 것이라는 인식을 내보이게 되는 것이다. 죽음이 끝이 아니라는 인식과 이 죽음에 이르기까지 자신의 삶에 대해 최선을 다했다는 의식은 죽음을 목전에 둔 현존적 삶에 단순한 슬픔의 감정을 넘는 어떤 광휘를 부여한다.

그것을 굳이 구도적 자세라고 부를 필요는 없다. 다만 이번 생애의 의미를 발견하고 그 의미가 곧 다가올 죽음으로 완성된다는 사실을 깨닫게 된다면 죽음이 그렇게 비감스럽지는 않을 것이다. 비록 대부분의 날들이 죽음으로 인한 고통, 가령 "오늘 내 기분은/아침 해가 쉭쉭거리는 양은솥 안에서/게들이 집게발을 치켜세우고 있는 것 같아"(「게」)에서 보듯 아픔에 싸여 있지만 죽음을 통해 삶의 의미를 완성시키고자 하는 시인의 입장에서 볼 때 삶의 마무리는 죽음으로 인한 인생의 완성에 있음을 아는 것이다. 곧 "떠나는 사람의 긴 발처럼 밤비 내리고 있다. 성큼성큼 떠나버렸는데도 여전히 떠나는 소리가 들린다. 돌아오는 소리가 들린다. 어디에선가 숨어 있던 지렁이들이 다 나와서 울고 있는 것 같다. 입술은 사랑한다고 말한 후 밀봉해버리는 세계의 입구. 그 세계의 끝에 닿진 못했지만 심장에서 심장으로 뛰어다녔던 긴 발은 기억한다."(「세월 너머 멀리멀리」)에서 볼 수 있는 것처럼 삶은 떠났다가 돌아오는 것이란 사실, 입술로 표상된 육체는 자신의 한 생애를 밀봉하는 봉인함이라는 사실, 그것을 자신의 영혼은 끝까지 기억해야 한다는 사실을 깨우치는 것이다. 그러한 관점에서 보자면 자신의 삶과 존재의 의미를 스스로 봉인하고 새로운 윤회의 길에 들어서는 사람으로서 "눈물이 흐른다 흘러준다/내가 비를 좋아한다는 걸 당신이 잊지 않기를"(「능소화」)이라고 호소하는 것은 당연한 우주적 진리 아닐까? 이것이야말로 죽음에 처단된 존재들인 우리로서 눈물과 슬픔이 가질 수 있는 가장 고귀한 가치를 일상적 현실에서 실천하는 일이 될 터이니 말이다.

시인은 죽기 전에 시집을 꾸릴 생각으로 〈시인의 말〉을 남겼다. 그중에 "멀고도 높은 꿈의 슬픔에 몰입하고 있다."라는 구절이 있다. 이 표현은 여러 궁금증을 일으킨다. 멀고도 높은 꿈이 무엇인지, 그리고 그러한 멀고도 높은 꿈이 왜 슬픔이 되는지, 그리고 거기에 몰입한다는 것은 무엇인지 등의 생각 말이다. 이 내용에 대해서는 그의 시를 쭉 따라 읽은 사람이라면 각자 제 나름의 해답을 찾았으리라. 필자가 보기에 '멀고도 높은 꿈'은 죽음에 처단된 인간 존재가 그것을 극복할 가장 절실한 방법 내지 바람을, '슬픔'은 그러한 방법 내지 바람이 늘 형체가 없고 구체화되지 못한다는 안타까움을, 그리고 '몰입'은 삶의 그 진실에 대해 시인 자신이 있는 힘껏 탐구하며 살았다는 자기 엄정성을 의미하는 것으로 풀이된다. 이 표현을 보면 시인 박서영은 참으로 고귀하고 지극한 인간의 꿈을, 부처님이 지녔을 법한 궁극의 서원誓願을 품었던 것으로 볼 수 있다. 그런 점에서 시인 박서영은 일관되게 죽음이라는 화두를 자신의 삶과 시 속에 들여와 하나의 실체로 정련시킨 것 같은 느낌을 준다. 죽음을 아파하는 것이 아니라 죽음을 통해 삶을 완성하고자 하는 의미에서 그에게 죽음은 삶을 정련하는 화로다. 혹은 역으로 그에게 삶은 죽음에 의해 연화된 사리, 신비한 이야기를 봉인하고 있는 빛이다. 둘 다 사라지지 않는 결정체의 특성을 가지고 있다. 그 결정체의 가장 큰 본보기는 지금 우리가 보고 있는 이 시들이다. 가장 슬프고도 무서운 계시로서 말이다.

착한 사람이 된다는 건 무섭다

2019년 2월 3일 1판 1쇄 펴냄
2023년 10월 13일 1판 2쇄 펴냄

지은이   박서영

펴낸이   김성규

책임편집   김은경 이계섭

디자인   진다솜

펴낸곳   걷는사람

주소   서울 마포구 월드컵로 16길 51 서교자이빌 304호

전화   02 323 2602

팩스   02 323 2603

등록   2016년 11월 18일 제25100-2016-000083호

ISBN 979-11-89128-26-5 04810
ISBN 979-11-89128-01-2 (세트) 04810

* 이 책 내용의 전부 또는 일부를 재사용하려면 반드시 지은이와 출판사의 동의를 얻어야 합니다.
* 잘못된 책은 교환해 드립니다.
* 이 책의 국립중앙도서관 출판시도서목록(CIP)은 서지정보유통지원스템 홈페이지(http://www.seoji.nl.go.kr)와 국가자료공동목록시스템(http://www.nl.go.kr/kolisnet)에서 이용할 수 있습니다. (CIP제어번호:2019001697)